ye   18687

PIECES
POSTHUMES
DE L'AUTEUR
DES CINQ ANNÉES
LITTÉRAIRES.

A AMSTERDAM;

Et se distribuent chez le Défunt, Place
Saint Michel.

M. DCC. LXVI.

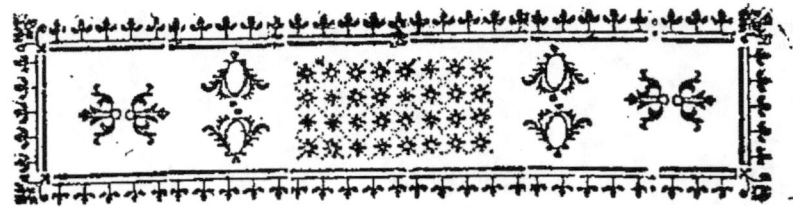

PIECES POSTHUMES

DE L'AUTEUR,

DES CINQ ANNÉES LITTÉRAIRES;

LETTRE

A M. le Duc de Choiseul, du
mois de Mars 1766.

MⁱⁱONSEIGNEUR le Duc de Choiseul,
Grand Miniſtre à double appanage,
Je ſuis ſur le bord du cercueil,
Du portail au ſombre abordage,
De mon pied je touche le ſeuil,
Demain mon frere prend le deuil.
Mais mourir ſans te rendre hommage,
Ce ſeroit trop tôt fermer l'œil ;
A mes écrits tu fis accueil,
Lis encor ma derniere page.

Ah ! dans ce frivole Recueil,
Mon encyclopédique Ouvrage,
Quand fur quelque trait de paffage,
J'ofois m'annoncer ton fuffrage,
Quel compliment pour mon orgueil !
Quel aiguillon pour mon courage !

Je prends la liberté, Monfeigneur, de
vous envoyer l'hiftoire poétique de ma
maladie dans des vers à un M. de Saint-
Martin, qui étoit auffi - bien que moi
logé au Couvent de Charenton pour fa
fanté, & qui jouoit du violon.

J'ai chanté la douce mufette,
La réjouiffante amufette,
De mon voifin, de mon ami,
De mon féal Barthelemy.
Seroit-ce tout, puis-je me taire
Sur ce Barbiton fait pour plaire,
Sur ce *virtueux* Volontaire,
Qui vient par fois d'un *ut*, *ré*, *mi*,
Flatter ma fibre auriculaire ?
Le voilà, je l'entends d'ici.
Ah ! fi par la paralifie,

Je n'avois la jambe engourdie,
Que j'aurois plaifir à tracer
Des pas fur cette mélodie !
Avec ceux de Nymphe jolie,
Galamment les entrelacer,
Dans fa main ma main droite enchaffer ;
Puis la gauche à fon tour ravie,
Aller, venir, recommencer,
Voir fes bras vers moi s'élancer,
Dans les miens mollement paffer.
Pour finir la cérémonie,
La reconduire, la placer,
Et tout doucement l'embraffer,
S'il plaifoit à la compagnie.
Mais hélas ! quelle rêverie !
Je fuis collé, je fuis perclus,
Cette jambe je ne l'ai plus,
Mes deux pieds me font fuperflus ;
Et du bal je me vois exclus,
Pour tout le refte de ma vie.
A la rigueur de mon deftin
Daigne t'oppofer Saint-Martin ;
Sois compatiffant, fois humain ;
Un de ces jours, fût-ce demain ;
Quand ton aimable fantaifie
Te conduit par la gallerie,

Dans

Dans l'antichambre du jardin ;
De ton inftrument argentin,
Du fil de ton arc ferpentin,
De ta belle & brillante main,
Fais retentir à mon oreille
Quelque doux réveille-matin,
Et ne crains pas que je fommeille.

BILLET

A M. BARTHELEMY , qui jouoit de la Vielle au même Couvent.

CHARME de mon inquiétude,
Profeffeur aux aimables fons,
Viens égayer ma folitude,
Et me rappeller mes chanfons.
Je mourois de mélancolie,
Ta Lyre, arbitre de ma vie,
Vive d'abord, puis adoucie,
Tour à tour brillante, obfcurcie,
Rétablit le jeu de mes fens,
Et je renais à fes accens.
Par tes caprices fans étude,
Par quelque furprenant prélude,

Viens

Viens , tout puiffant Barthelemy ,
Viens reffufciter ton ami.

L E T T R E

A M. DE SAINT-REMY , au même
Couvent.

C HER Confeiller , que je refpecte ;
Apprends-moi dans quel dialecte ,
Quelle pofture & fur quel ton ,
Il faut te demander pardon ;
Ma faute n'eft pas grande , non ;
Mais je veux t'en faire raifon ,
Valable excufe , & non fufpecte.
Je dois tout à ta loyauté ,
A ta prévenante bonté ;
Loin des Pénates de mon frère ,
Tranfporté fous cette atmofphère ,
Tu m'as reçu , tu m'as fêté ,
Soir & matin m'as vifité ,
De maint bon avis conforté ,
Tu m'as donné ta tabatière ;
Puis tout-à-coup tu m'as quitté ,
Pour un livre un moment prêté.

Etoit-ce

Etoit-ce objet pour ta colère ?
Tu m'en vois tout déconcerté,
Tout chofe, tout atrabilaire.
Ah ! prends de moi quelque pitié ;
Rends-moi quelque bout d'amitié,
Rentre dans ton bon caractère.
Si tu reviens à mon côté,
Me parler de vers ou d'affaire ;
Me raffurer fur ta fanté,
Me tenir propos de gaité,
Ainfi que tu fçais fort bien faire ;
Tu me trouveras enchanté,
Heureux comme un enfant gâté ;
Content de ma félicité,
Plus fatisfait en vérité,
Plus fier que n'a jamais été
Dans Londre au bal de la Cité,
La femme du nouveau Lord-Maire.

LETTRE

A M. DE SAINT-LAMBERT , au même Couvent.

CHANTE, prélude, Saint-Lambert ;
Ta voix feule vaut un Concert ;
Fais éclater fon harmonie ;
Du jeu des inftrumens divers
Couvre à ton gré la fimphonie.
Je vendrois ma Philofophie
Pour un feul accent de tes airs ;
Je fens qu'à ce marché tu perds ;
Aimes-tu mieux ma poëfie ?
Je la vends, encor, prends mes vers ;
Si je m'en prive, tu t'en fers ;
Mais ne dis pas où je t'en prie,
Et donne-moi ta mélodie.
Ah ! quand ta fibre en fantaifie
Tombe, fe relève, s'oublie,
Dans fes batremens s'extafie,
Chatouillé par la fympathie,
Plein de ma douce rêverie,
Je te donnerois l'univers.

REQUÊTE

REQUÊTE

Au Directeur du Couvent.

S AGE Directeur de ces lieux,
Toi qui changes le bien en mieux,
Sans papier fin dans mon armoire,
Sans plume au doigt, sans écritoire,
Je prends l'avantureux parti
De te crayonner ces vers-ci,
Sur la feuille de ma mémoire.
Et sais-tu pourquoi ? le voici :
C'est que pour charmer le souci,
De mon ame en ce purgatoire,
J'aurois ardent prurit de boire,
De cette liqueur presque noire,
Qu'on prend une heure après midi,
Dans maint & maint bon réfectoire ;
Cher protecteur, daigne m'en croire ;
Permets que j'en parfume aussi
Le contour de mon avaloire,
Cinq ou six fois en racourci,
Demain, mais si c'est aujourd'hui ;
L'œuvre en sera plus méritoire.

Partant,

Partant, fans autre inquifitoire,
Sans mais ni fi d'échapatoire,
Vû l'expofé de ce mémoire,
Si tu mets au bas foit ainfi,
C'eft l'abrégé de mon hiftoire :
A toi, mon père, en foit la gloire,
A moi le caffé ! grand merci.

VERS

*Prêtés à quelqu'un qui vouloit recevoir une
lettre de fa femme.*

MA bonne Charlotte,
Je meurs, je radote,
Comme un vieux oifon ;
Rends-moi la raifon ;
Faite pour me plaire,
Rends-toi moins févère ;
Trace un caractère
Sur quelque chiffon,
Orné de ton nom.
Tu fus ma bergère,
Tu m'es toujours chère ;

Ce trait de ta main
Fera mon deſtin ;
Charenton demain
Deviendra Cythère.

IMITATION

Du Docteur SWIFT.

AVIS AU LECTEUR.

CELUI-CI eſt pour mettre ſur les tablettes de votre petit cabinet intime, pour vous amuſer dans les intervalles de *l'exdigeſtion*, & ſi le papier vous paroît doux, il pourra vous épargner la ſerviette.

UN jeune gars qui tomboit du haut mal,
Et ſaliſſoit trop ſouvent ſa chemiſe,
Par Louis ſerviteur banal,
Des fidèles de cette Egliſe
Fut un jour baigné bien ou mal.

ADRESSE

ADRESSE

A LOUIS ramenant son malade au sortir du bain dans la Salle du Réfectoire.

L As-TU guéri de sa syncope ?
As-tu vû par ton microscope
A le dûment purifier ?
Est-il net ? peut-on s'y fier ?
(*a*) Le Prince de triste horoscope
Va se plaire à le manier.
Mais, Louis, dans son enveloppe
Il va bientôt se . . . . . .
Avec Janneton la salope,
Il te reste à le marier.

(*a*) Le Prince de Montbéliard, autre original du même lieu, qui venoit souvent lui mettre la main sous la jupe.

SUR UN EX-JÉSUITE.

Il a de l'esprit, du savoir
Presqu'autant qu'il en croit avoir ;
Il loue avec économie,
Il fronde avec l'autorité
D'un Président d'Académie ;
Mais je m'oppose à sa fierté,
Et n'en prends qu'à ma fantaisie.
Je plaide pour la bon-hommie ;
Un peu moins de Philosophie,
Un peu plus de facilité,
C'est mon système dans la vie.

A MON FRÈRE.

Viens, mon cher frère, fais usage
De ta naturelle bonté,
Entends, respecte son langage,
N'étouffe point l'humanité.
Quel code as-tu donc consulté ?
Tu m'as jetté dans l'esclavage,
Pour me servir dans ma santé,
Etoit-ce pour me faire outrage ?

Ton

Ton projet fut mal concerté ;
Je te pardonne, & je m'engage
Sous les drapeaux de Charité (a).
Veux-tu corriger ton Ouvrage ?
Viens promptement me visiter,
A mes regards te présenter,
Recevoir mon plus tendre hommage.
J'ai quelque chose à te conter,
Pour toi, pour ton utilité,
Pour ton bien en propriété,
Dont tu feras content, je gage.
Trop long-tems tu t'es arrêté,
Je sai ce qui te décourage,
Tu crains l'instant de l'abordage,
Ta foiblesse est enfantillage ;
Prends la Fumel * à ton côté,
Ton bon ami du voisinage,
Si ce n'est assez, prends un Page,
Pourvû qu'il ne t'ait rien coûté :
De ces trois Gardes escorté,
Maupeou n'en a qu'un davantage ;
Chausse-toi d'intrépidité,
Cuirasse-toi de fermeté,

(a) Le Couvent où j'étois à Charenton s'appelle le
Couvent de la Charité.
* Sa Gouvernante.

Mais

Mais point de casque à ton visage ;
Laisse-moi voir en liberté ,
Expose à mon œil enchanté
Ce front serein , ce doux présage ;
D'un retour de fraternité.
Par cet essai de griffonage ,
Tu vois que dans mon hermitage ,
Quoique nuit & jour tourmenté ,
Le Ciel ne m'a pas tout ôté ;
Il me reste encor en partage
Des momens de tranquillité ,
Des instans même de gaité ;
Mais ta présence , en vérité ,
Va m'en donner bien davantage.

À M. BITOB.

A M. BITOBÉ,

Auteur d'une Ode intitulée Moi *, où en-*
tr'autres jolies choses on lit ces vers :

J'ENTRE à la Cour, on m'y révère,
Je brille dans le Ministère,
Encor un pas & je suis Roi.

Envoi qui est à la fin de cette Ode ;

Il est vraiment assez comique
De me voir en ce lieu d'ennui,
Mal vêtu, foible & sans appui,
Triste comme un livre Gothique,
Surchargé de chagrins divers ;
Et pour ne pas dire autre chose
Pauvre Vicaire en bonne prose,
Et Roi du monde dans mes vers.

B

LETTRE.

Ton premier coup-d'œil m'a sçu plaire,
Bitobé, tu sais bien pourquoi ;
Je le dis, & ne puis m'en taire,
Le sentiment m'en fait la loi.
Mais me connois-tu ? je suis *Moi*,
Je suis un simple volontaire,
Sans gage au service du Roi.
Mais Roi, que dis-je ? tu l'es, toi,
Réel, & point imaginaire,
Ton Ode charmante en fait foi :
Tu la termines par l'envoi
Le plus joli qu'on puisse faire ;
Je l'ai lû, je l'ai dévoré,
Vicaire ! je te fais Curé
Dans la Paroisse de Voltaire.

Nous avons dans notre Langue, di-
soient MM. Maféi, Algarotti, &c. un
Langage absolument propre & consacré
uniquement à la Poësie, qui rend cette
Poësie naturellement plus noble & plus
distinguée que la vôtre. Vous connoissez

bien

bien peu notre Poëſie, leur répondois-je, ſi vous ne ſavez pas qu'elle a auſſi ſon Langage, ſa conſtruction, ſes images & ſon tour particulier, qui la diſtinguent eſſentiellement de la Proſe rimée des mauvais Verſificateurs.

Ce n'eſt pas dans le mot comme ſon que peut conſiſter la vraie Poëſie, c'eſt dans le mot comme expreſſion d'une image ou d'un ſentiment : par conſéquent la Langue Italienne n'a pas autant d'avantage ſur la Françoiſe dans la Poëſie, que ſe l'imaginent certains Poëtes Italiens qui entendent parfaitement leur Langue, & fort peu la nôtre : mais vous n'entendez pas mieux l'Italien, que nous le François, me diront-ils ; j'en conviens; mais ce que je dis eſt métaphyſiquement vrai, indépendamment de toute intelligence de Langue particulière. D'ailleurs il me ſemble voir, & je ſuis même ſûr que je vois, même dans les plus grands

Poëtes Italiens, malgré tout l'avantage
que leur donne leur Langage propre,
une infinité d'expreſſions abſolument pro-
ſaïques qu'on ne peut blâmer. J'ai donné
à cette idée, toute l'étendue qu'elle mérite, Lettre cent trois de mes *Nouvelles
Littéraires* ; j'ajouterai ſeulement, que ſi
la Langue Italienne eſt en général plus
douce & mieux vocaliſée que la Françoiſe, celle-ci en récompenſe, auſſi douce
quelquefois, a plus de légereté, plus de
rapidité, une juſteſſe plus fine, & par
conſéquent plus d'agrément que l'Italienne en bien des occaſions.

J'ai lû dans Mezerai, que je ne ſais plus
quel Roi d'Angleterre, ni à quel ſiége,
avoit été tué d'un trait d'arbalête ; la note
à ce ſujet m'a paru plaiſante : en voici la
fin que j'ai miſe en vers pour avoir plu-
tôt fait.

Il fut percé d'un trait de cette arme traîtreſſe,
Qui ſoumet la bravoure à la plus lâche adreſſe,
Par laquelle un faquin réchappé du licou,
Peut abattre un Héros ſans riſque & par un trou.

SUR M. DE LA PLACE.

LA Place, entend la Tragédie,
D'un Drame Anglois pris à l'envers,
Il se fait œuvre de génie ;
Il le prend, il se l'approprie :
D'abord en chasse les travers,
Puis le retaille, le replie,
Le soir y songe dans son lit,
Y touche encor, le remanie
Comme il plaît à sa fantaisie,
Pour faciliter le transit
Dans les foyers de sa patrie.

Il y fait briller la magie,
De ce sombre de Britannie,
Ce jour obscur, ces feux-couverts ;
Ce noir fait en chambre garnie,
Où le Blond d'Arnaud s'extasie.
Dans sa sublime hypermanie,
Fort sur tout en Pyrotechnie.
Voltaire auroit joint des éclairs ;
Canon, tonnerre en gronderie,
Les bleus fantômes d'Hibernie,

Et quelque Spectre des enfers.

Tu vois, ami, si je t'oublie,

Quand il le faut, si je te sers,

Malgré tes torts en compagnie.

Où la Place est-il ? je le perds.

Il a des traits qui me sont chers,

Dont je lui fais ma courtoisie,

Il a de bons coups de revers :

Par fois peut-être il rime en Député du tiers, *

Et versifie outre mesure ;

Mais il dresse bien un Mercure ;

Il y réunit l'aventure,

Et l'Histoire & la Fable pure,

L'Anecdote à la sourde allure,

Les Arts, les Sciences, les Vers,

Les talens, le jeu, la figure,

Des Acteurs, des Chanteurs divers

De la nouvelle tablature,

Avec goût sans caricature.

Depuis qu'il nous vend cet Ecrit,

Chamaré de sa signature,

Les femmes & les gens d'esprit,

Les Savans de tout acabit,

* Il l'a été des Etats d'Artois, c'est une mauvaise plai-
santerie.

Et les fots fur ce qu'on en dit,
Sont abonnés pour la lecture.

―――――――――

SUR M. LE DOCTEUR GATTI.

LE vrai pur, la droite raifon,
Sans doute, c'eft le meilleur ton ;
N'en déplaife à Philofophie,
En dépit du qu'en dira-t-on,
Un peu de faux par fantaifie,
Une efpece de fiction,
Pour amufer la compagnie,
Faux ou vrai par fois tout eft bon.

Gatti, grand Inoculateur,
A manqué fon coup, il a peur,
D'y perdre, s'entend, il demande
Cinq cens beaux louis au porteur,
Promis, fi l'on ne contre-mande,
A qui découvrira l'erreur :
Lui-même il eft fon délateur :
Voilà le fait ; qu'il fe défende.
Après tout il n'a fi grand tort :
Un fuccès de moins n'eft pas mort,
Pour fi peu faut-il qu'il fe pende ?

B iv

La Duchesse est de bon accord,
Et ne veut si-tôt qu'il se rende.
La Condamine n'en démord,
Tout pesé, tout mis en rapport,
Son calcul tranche le discord :
Tronchin est toujours matador,
Il se retranche en triple fort,
Londres, Geneve, la Hollande,
Paris même est de son ressort ;
Il a le Sud, il a le Nord.
Ne te rebutes pas d'abord,
Gatti, fais un nouvel effort,
Oses les défier encor,
Ces fiers Docteurs de l'autre bord,
Qui ne font point la contrebande.

FRAGMENT

FRAGMENT

De l'Année Littéraire de M. Fréron 1765.
n°. 3. au sujet de la Tragédie de M.
Delaharpe.

JE ne finirois point, Monsieur, si je voulois vous détailler tous les défauts de cette Piece tombée à sa première représentation & à sa reprise. L'Auteur qui s'attendoit à un triomphe, a été très-piqué de ce mauvais succès : on le voit par l'Epigraphe Grecque qu'il a mise à la tête de son Drame, *essetai hemer hotan...* Ces trois mots empruntés d'Homère signifient, un jour viendra que . . . . . le sens n'est pas fini ; mais pour peu qu'on connoisse M. Delaharpe, il est aisé de l'achever ; cela veut dire, un jour viendra que cette Piece qui a été sifflée sera applaudie à tout rompre, un jour viendra que l'on rendra justice à mon mérite ;

un jour

un jour viendra que je ferai regardé comme le plus grand Poëte de la France, &c. &c. &c.

Voici ce que j'écrivis à l'agréable Interprète auffi-tôt après avoir lu fa Feuille.

Comment vous portez - vous, mon cher Seigneur ? Puis-je efpérer de vous voir bientôt ? En vous attendant, je vous lis avec grand plaifir : votre extrait du mauvais Drame du fieur Delaharpe m'a bien réjoui ; il eft plein d'efprit, de bonne critique & de la meilleure plaifanterie. Ah ! mon cher effetai * hemer hotan.... que je fuis charmé de ne t'avoir pas entendu, & que je me félicite de ne te pas lire !

Votre remarque ortographique fur le mot *Deffin*, que vous écrivez avec un j fimple pour exprimer l'ouvrage du Deffinateur, & non *Deffein*, qui veut dire

---

* J'ai fait imprimer le Grec en François pour la commodité de quelques-uns de mes Leƈteurs.

projet

projet, m'a paru non pas absolument neuve, (elle n'a point échappé à M. l'Abbé Girard, voyez la dernière édition de ses Synonimes, pag. 150, &c.) mais bonne, & même excellente dans son genre.

A Madame la Comtesse de SIMONETTE,
dans le tems que j'étois à Milan.

QU'AVEC plaisir je prends votre livrée !
Que j'aime à voir cette montre parée
De vos rubans ! mais encor dites-moi,
Auprès de vous quel sera mon emploi ?
Je ne saurois simple surnuméraire,
A vos côtés demeurer sans rien faire,
Je veux servir, & s'il se peut, vous plaire ;
Ne craignez pas de me pousser à bout ;
Eprouvez-moi, je fais un peu de tout.

A MADAME

A MADAME LA COMTESSE DE...

A qui je fçus qu'un ami de Modène avoit envoyé un bidet, & à qui je pris la liberté d'envoyer une éponge.

A vos fecrets befoins, Madame, chacun fonge;
L'un fournit le bidet, l'autre fournit l'éponge.

A la même, qui alloit partir pour fa maifon de campagne.

CHANSON fur l'air : *Quand l'Auteur de la nature*, &c.

A DIEU belle Ciconie,
Pardonnez, fi mon cœur vous oublie;
    Dans l'abfence
    La conftance
    Eft un trait
Qui manque à mon portrait.

De regrets
Nourrir fa tendreffe,
Quel trifte excès
De délicateffe ?

Sans bergère
Comment faire ?
Quel plaifir
Qu'un defir
Sans jouir ?
A dieu belle, &c.

A vos Ifles
A trente milles,
Un tendre foupir
Peut-il courir ?
Sur la rive
S'il arrive,
Il eft las,
Et s'éteint dans vos bras :
Un amour en perfpective
Eft un outrage à vos appas.

A dieu belle, &c.

A MADAME

A MADAME LA COMTESSE DE ***.

J'ADMIRE en vous, dangereuſe Comteſſe,
Les dons d'eſprit, de beauté, de jeuneſſe,
La dignité, les graces du maintien,
Un port de Nymphe, un air qui m'intéreſſe,
Une humeur douce, un aimable entretien;
Vous parlés juſte, & vous ſauriés vous taire,
Et ſur le tout vous effilés fort bien,
Bref, on croiroit qu'il ne vous manque rien.
Mais vous avez, ſi j'oſe être ſincère,
Un grand défaut, c'eſt de n'en avoir point,
C'eſt cet œil chaſte, & qui me déſeſpère.
Or écoutez, je ſuis Grec ſur ce point:
Contre ce mal eſſayés ma recette,
A le guérir je mettrai tous mes ſoins,
Et croyés-moi, vous ſerés plus parfaite
Quand vous le ſerés beaucoup moins.

A UNE DAME DE MILAN.

Jamais beauté ne me fera la loi,
Je n'en suis plus à mon apprentissage,
Indépendant, libre & maître de moi,
Je dois, je veux & je sais être sage ;
Non que mon cœur indocile & sauvage
Mette sa gloire à braver son penchant ;
Je suis touché, quand l'objet est touchant ;
Je lui permets volontiers de me plaire,
Du jour levé jusqu'au soleil couchant ;
Passé la nuit je cherche à m'en défaire.
Comme un oiseau par la couleur séduit,
De branche en branche & d'une aîle légère,
Va becquetant & la fleur & le fruit ;
Comme un enfant loin des yeux de sa mère,
J'aime à jouer, & n'ai point d'autre affaire :
Il faut tout voir, tout aimer tour à tour,
C'est un tribut qu'on doit à la nature,
Et c'est lui faire une sanglante injure,
Que d'arracher les aîles à l'amour.
Ce Dieu volage est l'enfant du caprice,
Il naît, il croît, il vieillit en un jour,
Tout le plaisir qu'on goûte à son service,

Eſt au paſſage & jamais au ſéjour.
Car raiſonnons : que peut-on toujours faire
Ou toujours dire à la même bergère ?
Qui ? moi ! que j'aille encenſer ſon orgueil ;
A ſes genoux attendre le coup-d'œil ,
Ou quelque mot que ſon cœur déſavoue ,
Baiſer la main , ou peut-être la joue ,
Bientôt après gémir d'un froid accueil ;
Point de repos , jamais de pure joie ,
Languir dix ans , c'eſt le ſiège de Troye.
Je n'y vais point , le voyage eſt trop long ;
D'ailleurs je crains la bleſſure au talon.
&c.

Epitaphe de mon maſque après le Carnaval de Veniſe.

A Bri de la folie & de la liberté ,
Je t'élève un tombeau , tu l'as bien mérité ;
Hélas ! pour couvrir mon viſage
Il ne me reſte que mes pleurs ,
Je t'enterre , & c'eſt moi qui meurs.
Paſſant , plaignés mon ſort , je vais devenir ſage.

*Sur une jeune Françoise qui danſoit à
l'Opéra de Veniſe.*

C'Est Cupidon, c'eſt le Dieu de **Cythère**,
Je le connois ; dans ſes bras gracieux
Je vois ſon arc, ſes flêches dans ſes yeux,
Ses aîles dans ſes pieds, & ſon flambeau m'é-
    claire ;
Si ce n'eſt pas l'Amour, qui lui reſſemble mieux ?
Cependant.... je ne ſais....cet air de Terpſichore,
Ces yeux, point de bandeau, deux cordes à ſon
    arc....
N'importe, c'eſt l'Amour. Tendre Enfant, je
    t'implore,
Reçois mes vœux...., oh ! c'eſt lui par Saint-Marc,
Mais ce mouchoir me tient perplexe,
Il reſpire... comment ?.., j'entrevois... en effet...
L'Amour a-t-il changé de ſexe
Pour être plus ſûr de ſon fait ?
Ah ! ce malin ſourire, acheve le portrait ;
Tu me ſouris, à moi ! traître ! que t'ai-je fait ?
Porte ailleurs ce regard plus perfide qu'affable....,
Pour le coup, c'eſt lui trait pour trait ;
A moins que ce ne ſoit le diable.

          C   A M.

A M. DE LA CONDAMINE,

De l'Académie Royale des Sçiences, de l'Académie Françoise, &c. &c. &c.

CHER protecteur & cher ami,
Respectable, la Condamine,
Si tu ne m'entends qu'à demi
Aisément ton œil me devine.
J'avois commencé ton portrait,
Mais chaque jour ajoute un trait
Au modèle que je deffine ;
Quand tu finiras j'aurai fait.
D'une mesure univerfelle
Tu nous fais aimer le projet ;
D'une contagion mortelle
Tu nous fais éluder l'effet ;
La terre au brûlant parallèle
T'offre une figure nouvelle,
Sa rondeur n'eft plus un objet.
Laiffons-là ta Philofophie,
Ton Calcul, ta Géométrie,
Tes recherches, ton induftrie,
Ton zèle à fervir ta patrie,

A

A l'humanité ton bienfait ;
On fait affés ce qu'il en eft. *
Mais il faut vous dire un fecret,
Pardonne, je fuis indifcret,
Je parle à cette Académie,
Où ton difcours plein de génie
T'a mérité le tabouret,
Tout en entrant en Compagnie :
Il fait des vers de fantaifie,
Quand il le veut, quand il lui plait ;
Mais des vers, une Poëfie,
D'un feu, d'un goût, d'une harmonie,
Qui vous-même vous charmeroit :
J'ofe l'affirmer, s'il le nie,
N'en croyés point fa modeftie,
Je l'ai pris cent fois fur le fait.

* Les Lecteurs inftruits pourront s'appercevoir de la légère licence d'une fyllabe prefque longue mife en rime
avec une brève ; mais il n'y a qu'une oreille pédante
qui puiffe s'en offenfer.

C ij   A M.

A M. DE BUFFON,

De l'Académie Royale des Sçiences de Paris, de Londres, &c. &c. &c.

BEL esprit, sublime génie,
Brillante imagination,
Pour tout dire en un mot, Buffon,
Permets à l'admiration,
A la trop foible Poësie,
A l'amour, à la passion,
De chanter ta Philosophie;
Et quel style ? quelle énergie ?
Quelle étincellante magie ?
Chaque mot nous offre un tableau ;
Tout s'anime sous ton pinceau,
Tout séduit, tout se renouvelle,
L'objet le plus hideux est beau
Dessiné par la main d'Apelle :
Dans ton Histoire Naturelle
Tu prends l'Univers, tu le peins ;
Ses campagnes & ses lointains,
Ses dehors & ses souterreins,
Ses ressorts les plus clandestins,

N'ont

N'ont rien d'enveloppé pour elle ;
La toile fe lève, foudain
Tout le Spectacle fe révèle.
Ah ! que j'aime ton art divin,
Quand il nous trace dans Heden
Ce premier, ce parfait modèle
Des fentimens du cœur humain,
Cette exiftence graduelle,
Cette furprife mutuelle,
Et cette extafe de la fin,
Ce feu, ce tranfport qui décèle
Les deux habitans du jardin !
Dans ces lieux aimés du deftin,
Dans ce jour fi pur, fi ferein,
Qui n'eût cru leur bonheur certain,
Et leur jouiffance immortelle ?
Mais, filence ! je me rappelle
Les difgraces du lendemain.

Celui-ci n'eft trait de ma plume,
Je l'ai trouvé dans un volume ;
Mais plaifant, joliment conté,
Et digne d'être répété.

Un Notaire appellé Carnot,
Bon homme, s'il en fût, habile homme en
    pratique,
A

A bien dreſſer un acte, entendant la fabrique;
La forme d'un contrat, de latin pas un mot;
Avoit un Clerc dans ſon étude,
Qui trouvant le travail trop ſervile & trop rude,
Se tourna du côté de l'Egliſe, & voulant
Obtenir des degrés, à Navarre en licence
Devoit ſoutenir thèſe, & par reconnoiſſance
Au Notaire penſa devoir honnêtement
En faire paſſer une. Il eſt bon de vous dire
Que l'apprentif Docteur à Chartres étoit né,
Maître Carnot fort étonné,
Parcourant auſſi-tôt cet imprimé, de lire,
A la fin, *Clericus Carnotenſis* ; vraiment,
J'entends cela, dit-il, tout couramment ;
Oui, *Clericus* n'a pas beſoin de commentaire,
Carnotenſis rien n'eſt plus clair,
Clerc de Carnot ; voilà tout le myſtère.
L'aimable enfant ! quel caractère !
Il ſe ſouvient toujours d'avoir été mon Clerc.

Cette négligence, ce tour profaïque,
ces enjambemens d'un vers à l'autre con-
viennent ici ; c'eſt ce qui fait en partie
la naïveté de ce genre. La Fontaine n'auroit pas mieux dit.